최민숙 시인 詩 2집(찬양시)

하나님의 소리

한행문학

최민숙 시인 詩 2집을 내면서

주님께 영광
주님이 하셨습니다.
하나님의 소리 시집 2집을 출간하게 되어
주님께 감사드리며 영광 돌립니다.

스가랴 4장6절
그가 내게 이러 가로되 여호와께서 스룹바벨에게 하신 말씀이
이러하니라. 만군의 여호와께서 말씀하시되 이는 힘으로 되지
아니하며 능으로 되지 아니하고 오직 나의 신으로 되느니라.
이 말씀이 저의 신앙고백입니다.
시집2집을 쓰게 하신 분도 하나님이 쓰도록 성령께서 인도해
주셨습니다.

먼저 하나님께 감사드리며 하나님의 소리 시집을 출간할 수 있
도록 도와주신 한국행시문학회 정동희 회장님께 감사드리며
정수연 교수님과 축복교회 성도님들과 사역자님, 기도로 섬겨
주신 여러 동역자님, 부모님, 가정, 자녀들에게도 감사드립니다.

詩1집 하나님의 소리를 읽고 난 후 소감문들을 많이 보내주셔서
감사드리며 이 모든 영광 주님께 돌립니다.
독자님들 몇 분의 소감을 올려 드립니다.

독자들의 소감문

① 박경희 권사님(과천교회)

저는 하루에 한 편씩 묵상하며 읽었습니다.
작가의 마음을 헤아려가며 이 말씀은 어떤 의미로 표현했을까
그 마음으로 음미하며 읽었습니다.
기름 부음이 있으며 기쁨과 은혜가 넘칩니다.
말씀에 입각하여 쓰신 거라서 더 살아 운행하는 것 같습니다.
주님 마음은 어떠실까 주님께 한번 나에게 한번 이렇게 마음
에 와닿는 구절은 제가 반복하여 낭독합니다.
한 구절 삼키며 소화시킵니다.
목사님 시집 책으로 한 단원씩 기도합니다.

② 석종숙 목사님(서울 가정목회)

어두운 시대적 선상에서 영향력을 주는 최목사님의 시집 훌륭
합니다.

③ 이종길 목사님(은퇴 후 현재 SNS 복음 전도)

이제 몇 편을 읽고 소감을 적어봅니다.
이 시가 성령님께서 써내도록 하신 시라는 것이 알아집니다.

사람이 머리로 살 것이 아니라 성령님께서 최 목사님을 통해 쓴 시라는 것이 알아집니다.

④ 조원만 목사님(김포 목자교회)

시집 2집 출판은 축하합니다. 1집도 주님을 향한 넘치는 사랑, 넘치는 믿음, 넘치는 소망이 가득한 시집이네요.
2집도 기대가 됩니다.

⑤ 김정팔 목사님(시흥 큰빛교회)

좋은 시가 있어서 곡을 쓰려고 합니다.(내게 오라)

⑥ 채수련 목사님

(찬양시로 16곡, 작곡, 편곡, CD 500장, 작곡가 4명이 시작 들어가신다고 하심)

⑦ 홍유정 선교사님(호프선교회 간사)

세상의 어느 시와 비교가 안 되네요.
읽을수록 깊이가 있습니다.
왜냐면 주님의 음성이기 때문이에요.

잔잔히 고요히 이렇게 많은 말씀을 주님이 최민숙 목사님에게 들려 주셨으니 목사님은 참으로 행복하시네요.

시집을 내셔서 서로 공유하고 함께 같이 읽으니 좋습니다.

하루 하루 주님의 위로와 격려 용기의 메시지인 것 같아요.

매일 매일 한 장씩 읽어 보려고 해요.

주님이 제게 주시는 메시지입니다. 감사해요. 건강하세요.

앞으로 2집, 3집, 4집, 주 안에서 번창하세요. 이 글을 통해 맑은 영혼이 살아나시길 기도합니다. 읽을수록 깊이가 있습니다.

⑧ 최유림 전도사님(서울)

할렐루야! 시인 최민숙 목사님. 감사합니다.

2집, 3집, 4집, 5집…… 통하여 하나님의 소리가 한국과 각국 번역으로 열방까지 이르게 하시옵소서.

하나님의 소리 그대로 울림이 있습니다.

기름부음이 있습니다. 성령 충만이 있습니다.

예수 생명 빛이 있습니다.

잠언과 같은 지혜의 소리요,

믿음을 일으키시는 믿음의 소리요,

예수님께만 소망이 있는 소망의 소리요,

어린 양의 보혈의 피가 흐르는 예수 생명의 소리요,

낙심한 자를 위로하고 일으키시는 성령의 소리요,

하나님 말씀 로고스를 테마로 가슴을 찢으라 마음을 찢으라는 회개의 소리요,

교회들을 신부들을 깨우는 진리의 소리요,

할렐루야! 주 예수의 길을 가는 자는 복 되도다.

복된 소리, 복된 소식, 복음의 소리요,

주 예수의 길을 가는 자는 복 되도다.

저와 함께 하시는 나라 위해 기도하는 기도 방에 목사님 시를 소개하여 은혜 나누고 있습니다.

늘 고맙고 감사 드립니다.

주님의 은혜. 주님께 영광!

⑨ 신수현 성도님(천안 축복교회)

'하나님의 소리' 이 시집은 예수그리스도를 잘 모르는 초신자와 세상을 살아가면서 그리스도인으로 어떻게 나아가야 할지를 모르시는 분께 추천해 드리고 싶습니다.

⑩ 윤국진 목사님(천안 축복교회)

요즘 시대에 꼭 들려져야 하는 '하나님의 소리" 인 내용임을

확인했습니다. 사실은 믿는 사람들조차 교회에 가서 설교 듣는 그것으로 만족하기에는 주님이 우리에게 요구하는 수준에 못 미치는 것 같습니다. 영적인 선지자를 통하여 직접 하나님과 영적인 교제의 "하나님의 소리" 책을 읽어보니 주님의 뜨거운 사랑과 관심에 더욱 많은 깨달음을 얻게 됐습니다. 참으로 하나님의 은혜가 아닐 수 없습니다. 더 많은 사람들에게 읽혀져서 인생의 주인 되신 주의 음성 외에는 더 기쁨이 없음을 알려주고 싶습니다. 모든 믿는 자에게 "하나님의 소리"로 주님의 은혜가 퍼져나가기를 소원하며 이 글을 올려봅니다.

⑪ 김양민 사역자님(천안 축복교회)

'하나님의 소리' 책을 읽으며 나의 영혼이 기뻐합니다. 믿음의 경주를 완주하기까지 필요한 하나님의 소리 응원의 소리가 있습니다. 하나님의 소리 책을 읽는 모든 이들에게 심령을 새롭게 하는 소리가 되기를 기도합니다.

위에 소개한 분들 외에도 박은주 목사님, 정안순 목사님, 최성열 목사님, 박정예 선교사님, 권오일 권사님, 김은혜 권사님 등 많은 분들이 귀한 말씀을 해주셨는데 지면 관계로 다 소개하지 못한 점 양해 바랍니다. 깊이 감사드립니다.

최민숙 시인 프로필

해피트리오
국민행복여울문학 14호 사랑비
신인상 수상. 시인 등단…2020. 9. 19
한행문학 동인으로 문학 활동

시집 1집 '하나님의 소리' 출판기념식…2020. 9. 19

아시아신학대학원 졸업 7기
총회신학대학원 졸업
백석대학실천신학 5기

前 부평 성원교회
前 전주 쉼이있는교회
現 대한예수교장로회 천안 축복교회담임

"하나님의 소리" 詩 낭송하면서
복음을 전하는 국내 순회 선교사
문화 선교사
詩 낭송가
시인

하나님의 소리(찬양시) 차례

I. 내가 너희를 향해 말하노니 서로 사랑하라

하나님의 소리(찬양시) 차례

최민숙 목사 010-2772-5377

하나님의 소리(찬양시) 차례

II. 나를 소리 높여 찬양하라

하나님의 소리(찬양시) 차례

III. 내가 너희에게 이르는 말을 들으라

하나님의 소리(찬양시) 차례

IV. 하나님의 소리

하나님의 소리(찬양시) 차례

하나님의 소리(찬양시) 차례

하나님의 소리(찬양시) 차례

하나님의 소리(찬양시) 차례

하나님의 소리(찬양시) 차례

하나님의 소리(찬양시) 차례

V. 최민숙 작사 앨범

I

내가 너희를 향해
말하노니
서로 사랑하라

1. 성령의 능력 내게 임하셨도다

성령의 능력 내게 임하셨도다

성령의 기름 성령의 바람

나에게 임하셨도다

주를 경배합니다 주를 송축합니다

성령이시여 내게 오소서

성령이시여 나를 다스리쏘서

성령은 나를 아신다

성령은 나를 위해 기도하신다

성령은 나를 위해 싸우신다

2. 주님은 나를 인도하시네

주님은 나를 인도하시네

주님이 계신 그곳으로 나를 데려 가시네

주님께서 이끌어 가시는 대로

내가 따라 가리니 그 마음이 편하다

내 마음은 기쁘다 내가 찬송하리라

나는 주를 경배하리라

주께로 달려갑니다 주께로 나아 갑니다

나는 주를 사랑합니다

나는 주를 경배합니다

3. 은혜로다 주의 큰 은혜로다

은혜로다 주의 큰 은혜로다

주님이 베풀어주신 그 은혜

한량없이 크도다 주님을 찬양하라

너희의 마음에 주님을 모셔라

주님이 너를 사랑하신다

주님이 너를 돌보아 주신다

주의 크신 은혜 가운데

주님의 성령이 충만하리라

4. 주 안에서 기뻐하라

주 안에서　　기뻐하라

주 안에서　　사랑하라

주님의　소리　나를 주장하시네

주님이　나를　주관하시네

주님을　따르리　주님을 기뻐하리

주님의 나라가 이 곳에　임하였노라

주님의　생명이　이 곳에　임하였노라

주께　내 생명을　드리리

5. 나의 뜻을 이루리라

이루리라 이루리라 나의 뜻을 이루리라

슬픔 가운데 있는 자에게 빛을 주고
절망 가운데 있는 자에게 희망을 주고
나의 살리는 영으로 영혼들을 구하리라

만민들아 모두 나와 나를 찬양할 지어라
아름다운 소리와 참으로 나를
영화롭게 할 지어다

6. 내가 친히 이루리라

소란함을 피하고 나와 만나는
시간을 가지라
내 영의 비밀이 풀어지리라

내가 너와 함께 하여 너를 도우리라
사람이 능치 못할 일을 너와 함께 하리라

성전의 건축이 되리라 그리고 내가 채우리라
나만의 방법과 시간으로
내가 친히 이루리라

7. 성령이여 이곳에 오시옵소서

성령이여 이곳에 오시옵소서
내 한 몸 주님께 드리오니

주께서 나를 받으사
나를 사용 하소서

내가 지금 연약하오나
주께서 어여삐 받으시오니
내 영혼이 춤을 추네

8. 승리는 주님의 것

할렐루야 할렐루야 할렐루야
천사의 말로도 부족하네

할렐루야 할렐루야 할렐루야
영원히 높임을 받으실 주여
영원히 찬양을 받으시옵소서

할렐루야 할렐루야 할렐루야
승리는 주님의 것입니다

9. 그리스도의 법을 이루라

서로 섬기라 이 안에 나의 비밀이 있도다

나를 따르는 자는 서로를 사랑하고
나를 기쁘게 하는 자는 자신을 죽이며
모든 것을 고르게 하여
아무도 부족함이 없게 함이라
그 안에서 하나 되어 그리스도의 법을 이루라

그리스도 안에서는 작은 자나 큰 자나
모두가 형제 자매라

내 눈에 귀하지 않은 자가
아무도 없도다

10. 서로를 돌보아라

스승이라 자처하는 자는 더 많이 배울 것이라
다스리는 자는 더 많이 섬길 것이라

마음의 중심을 보는 나는
사람을 외모로 판단하지 않는다

권면과 기도로 연약한 자를 돕고
사람의 풍성함으로 세월을 아끼라

마지막 때가 얼마 남지 않았음이라
서로를 돌보아라

11. 나의 길을 예비하라

성회로 모이라 함께 모여 기도하며
나의 날을 기다리라

소망 중에 깨어 있어 잠드는 자가 없게 하라
나의 길을 예비하라

울부짖는 사자와 같이
사망으로 끌고 가려는 자가 많도다

너희 영혼을 살피라
대적이 도둑 같이 빼앗아 가지 않게 하라

나 여호와의 말씀이 영원하여
영영히 내 뜻을 이룰 것이라

12. 하나님의 사랑

크도다 그 비밀이여
복음에 나타난 하나님의 사랑

그 아들을 주신 사랑은
넓고도 깊어서 사람이 다 헤아릴 수가 없도다

그 안에 있는 신비와 능력을
다 알 자가 누구인가

13. 주 안에서 기뻐하라

찬송하라 그 이름을
높이 찬양할 지어다

작은 새가 노래하고 공중을 날듯이
우리 작은 인생들도 주를 노래하며
주 안에서 기뻐하라

14. 내게 소망을 두라

내게 소망을 두라 사라지지 않을 나에게
소망을 두라

사람이 사는 인생은 짧으나
나의 집은 영원한 처소라
이 땅의 부귀 영화는 헛되다

나를 소망하는 자의
마음은 천국이라
썩지 않는 보화가 있도다

15. 모든 지혜의 근본 나를 인정하라

나의 길에 서기를 즐거워하라
내가 너로 인해 기쁘도다

사람이 마땅히 해야 할 일을 알 지어다
모든 지혜의 근본 나를 인정하라

나는 사람을 지었고
나는 그들의 행실에 함께 하며
만민 가운데 행하는 여호와
하나님이라

16. 깨어 있으라

사랑하는 자마다
나의 길을 알겠고
사랑의 아픔도 알 것이다

서로를 속이지 말고
진실함으로 마지막 때를
준비하라

속이는 간교한 영이 많으니
깨어 있으라

17. 앞만 보고 달려가라

스스로를 높이는 자가 되지 말라
그러다 망하리라

내가 세운 것만 남으리라
마지막 때는 다 무너질 때가 오리라

앞만 보고 달려가라
뒤돌아 보는 자는 합당치 않도다
내 길을 걷는 자는 앞만 볼 지어다

18. 감사로 무장하라

스스로를 살피라
살며시 들어온 것을 밝혀내라

빛 가운데 드러나리라
말씀의 검이 수술하리라

감사로 무장하라
감사하는 자는 잘 하였는가
받은 줄 알고 기대함으로
나아가자

19. 성령의 충만함을 받으라

새로워지라 S의 충만함을 받으라

내면의 밭을 경작하라
훌륭한 과실을 맺으라

나에게 난 자는 이루리라
좋은 씨를 받아서
좋은 열매를 맺으리라

20. 나는 너를 사랑하는 자라

볼 지어다 내가 이곳에 있노라
네 앞에 서서 말하노라

나는 너를 사랑하는 자라
내 앞에서도 두려울 것이 없음은
내가 너를 용서하였음이라

내 앞에 나오기를 두려워 말라
담대함을 얻어 내게 나오라

21. 내 얼굴을 볼 터이니

스스로 교만해 짐으로
내 앞에 서기를 피하노라

내 앞에 서는 자마다
내 얼굴을 볼 터이니

나를 보려 하는 자는
내 앞에 서서 나오기를 즐거이 하라

22. 내가 너와 함께 함이라

수많은 시련을 겪어도
흔들리지 아니함은
내가 너를 붙듦이요
내가 너와 함께 함이라

끝이 보이지 않는 것 같으나
끝이 있음을 알라
정한 시한이 있음이라

23. 내가 사랑과 인자를 베품이라

폭풍우가 몰아쳐도 요동치 않음은
내가 함께 함이요
내가 사랑과 인자를 베품이라

내 은혜로 기뻐하라
내 은혜로 찬양하라

모두 내게 나와 올 지라

24. 네 영혼의 구원

고난과 좌절을 겪어도
소망을 품어라
너의 길에 함께 하는 내가 있도다

사마리아 여인처럼 생수를 얻어라
네 영혼의 참 만족 나를 만나라

내가 진정 도우리라
내가 구하리라

II

나를
소리 높여
찬양하라

25. 모두 나를 찬양하라

크나큰 시련이 와도 무너지지 않음은
나의 품이 안전함이라

나에게 오라
내 자녀를 안고 가는 나를
소리 높여 찬양하라

새들아 나무야
모두 나를 찬양하라

26. 안식을 얻으리라

큰 자나 작은 자나
모두 내게로 오라
내가 쉼을 주리라

내 안에 거하는 자는
쉼을 얻으리라

내가 주는 물을 마시라
목마른 영혼이
안식을 얻으리라

27. 나는 너를 사랑하는 자라

슬라미 여인아
너는 나를 지극히 사랑하는구나

술래잡기를 지나
나를 만나 기뻐하는구나

혼돈된 시간을 지나 내 얼굴을 보고
내 곁에 누워 나를 부르는구나

나는 너를 사랑하는 자라
아 네가 나를 발견하였구나

28. 복 있는 자들아

복 있는 자들아 내게로 나오라
나와 함께 식탁에 앉아
왕과 함께 음식을 먹는 자가 복되다

작은 자나 큰 자나 함께 모여서
내가 하는 기이한 일들을 보고

다 같이 한마음으로
찬양할 지어다

29. 나의 존재를 전파하라

비밀을 맡은 자들아
너희 임무를 다하여라

사망의 힘을 떨치는 세대 가운데
나의 존재를 전파하라

사망아 너희 쏘는 것이
어디 있느냐

승리의 왕자가 나아가신다
평강의 왕이 나아가신다

30. 주 나의 모든 것

주여 내가 주께 사랑한다
고백합니다
주님의 은혜로 이제껏 살아왔습니다

주님께 감사와 찬송
영광을 올려드립니다

주님은 나의 모든 것
주님의 주 나의 사랑
주님이 나를 기뻐하시네

주 나의 모든 것
주님은 나와 함께 하시네
주님 내 사랑

31. 주를 위해 나아가세

주를 위해 나아가세 주를 위해 나아가세
주가 나를 맞으러 나오는도다

주가 나를 부르시는구나
주가 나를 기다리시는구나

주의 은혜가 나를 부르네
주의 성령이 나를 부르네

내게 나아오는 자 은혜를 얻으리
주 안에 안기라 주 안에 안기라

주가 나를 부르신가
주께 나아가자

32. 주님이 여기 계시도다

주님이 여기 계시도다 주님이 통치하시도다
주님이 나를 부르시네 주님이 나를 인도하시네

주님을 바라보라 주님을 갈망하라
주님이 나를 도우시는도다
주님이 나를 위하시는도다

주의 큰 영광 위해 주가 일하시네
내 안에 일어나는 새로운 역사
그 누구도 막을 수 없도다

33. 우리는 주를 향해 나아갑니다

우리는 주를 향해 나아갑니다
주의 빛을 본 자는 그를 따라갑니다

주님과 함께 걷는 이 길을 기뻐하며 노래하네
주를 위해 걷는 이 길을 기뻐하며 노래하네

주님은 나의 기쁨 주님은 나의 노래
주님은 나의 소유 주님은 나의 귀한 보배

주님을 높여서 주님을 찬양하세
주님을 인정하세 주님을 찬양하세

34. 성령님 감사합니다

슬퍼하는 자에게 위로하리라
아파하는 자에게 아픔을 싸매리라

눈 먼 자를 보게 하며 듣지 못하는 자 듣게 하리라
생명수 성령 우리에게 임하는도다

성령님 감사합니다 우리의 죄악을 멸하시고
우리의 아픔을 돌보아 주셔서 감사합니다

우리의 연약함을 돌보아 주셔서 감사합니다
주님의 능력이 내게 임하셨네

35. 주님의 사랑이 가득하네

주님이 나를 돌보시네
주님이 나를 귀히 여기시네

주님은 나를 기르시며
주님을 나를 사랑하시네
주님의 사랑 주님의 은혜 주님의 영광

주님의 사랑 가득하네 가득하네
사랑하라 나의 자녀들아 사랑하라

주께서 너희를 돌보시듯 너희도 돌보아라
주께서 너희를 가르치시듯 너희도 양육하라
너희를 향한 나의 뜻을 이루어가라

36. 주님 감사합니다

주님 감사합니다 사랑합니다
주님을 기뻐하며 주님께 영광 돌리네

주님은 참 소망 주님은 나의 노래
주님과 함께 이 길을 걸으리

내가 할 수 없어도 주님은 할 수 있고
내가 이룰 수 없어도 주님은 이루시니

나 어찌 그를 높이지 않으리
내 영혼 그를 높여 찬양을 부르네

그를 높일 때 나의 영혼 춤추네
주님을 기뻐하리 주님을 사랑하리

37. 하나님이여 나를 도우소서

하나님이여 나를 도우소서
내가 주께로 손 들고 나아갑니다

나의 상한 심령을 주께로 드립니다
주여 나를 고치소서 주여 나를 만지소서

주여 내게 임하소서
주님의 은혜 내게 임하소서

주의 도움을 얻었다네
주의 긍휼을 얻었다네

주님은 나의 도움 나의 피할 산성이라
주님을 찬양합니다 주님을 찬양합니다
주님께 영광 주님께 감사

38. 예수 그리스도를 닮아서

나는 주를 사랑합니다 나는 주를 의지합니다
나는 주를 기억합니다 나는 주를 찬양합니다
나는 주를 기뻐합니다

주 안에 거하며 주의 말씀을 먹으며
주 안에서 자라납니다
예수 그리스도를 닮아서 그와 같이 자라납니다

예수 그리스도 그를 바라보네
그를 닮아서 그와 같이 자라납니다
주와 같이 자라납니다

39. 주님의 은혜가 크도다

주는 나의 도움 나의 산성이시라
내가 사람을 의지할까
내가 의지할 것은 하나님 뿐이라
나는 주를 의지하여 큰 도움을 얻었도다

주님은 나를 도우시네 나는 주를 의지하네
주님의 은혜가 크도다 높도다 넓도다

주님과 함께 하자 주님과 동행하자
주님은 나를 위하신다
주님은 나를 인정하신다

40. 주님을 노래합니다

오 주여 나의 마음이 주님을 노래합니다
주께로 정해준 이 마음은 주의 것입니다

주의 백성들과 함께 모여
주의 높음과 강함을
자랑하렵니다
주님의 위대하심을 만민에게 알리렵니다

주님의 나라가 우리 안에 있음을 알게 하리라
주님의 영광이 우리 가운데 있음을 알게 하리라

주는 나를 통해 일하신다
주는 나를 통해 나타내신다

III

내가 너희에게 이르는 말을 들으라

41. 내가 너희에게 이르는 말을 들으라

성령의 사람들아
내가 너희에게 이르는 말을 들으라
너희에게 내 말을 이름은
너희를 위로하려 함이라
너희는 내 뜻을 알아 행할 지라

너희의 심령을 열어 나의 마음을 알아가라
사랑의 마음을 품은 나를 알아가라
나는 찬양을 받기에 합당한 자라

내 말로 서로를 위로하라
내가 너희에게 이른 말로 서로를 위로하라

내가 곧 다시 오리라
내가 오는 날까지 인내하며 믿음을 지키고
성령이 너희를 도우리라
너희의 연약함을 도우리라

42. 사랑과 기쁨

사랑과 기쁨을 너희 마음 가운데 심어 두노라
모든 것이 사라지고 남지 않을 지라도
나의 사랑과 기쁨을 너희 마음 가운데에서
빼앗을 자가 없으리라

심령을 강하게 하여 너의 마음을 지키라
네 마음의 사랑과 기쁨을 빼앗아가는 도둑을 경계하라

성령의 열매를 풍성히 맺어 나에게 영광 돌리라
내 안에 있는 풍성함이 너희에게도 가득하게 하라

내게 영광 돌리라
내가 너희를 위해 일하고 있도다

내가 사랑함으로 너희와 함께 있도다
내 사랑을 받는 너희는 복된 자라
내가 준 사랑을 마음에 소중히 간직하라

43. 소망을 품고 살라

사람아 마음에 소망을 품고 살라
네 얼굴의 빛은 나를 아는 지식과
소망에서 난단다
나를 아는 영혼은 그 마음에 기쁨이 충만하단다

성령이 주는 기쁨은 그 무엇과도
비교할 수 없는 것이라
금은 보화로도 얻을 수 없는 참 기쁨이
너희의 심령 가운데 있을 지어다

너희 마음의 기쁨을 내가 주장하는도다
내가 창조하는도다

창조자 나를 만난 자는
그 심령이 기름진 것으로 채우리라

성령이 주신 것으로 충만히 누리리라
깊이 채우리라

44. 주는 위대하시도다

우리 가운데 계신 주는 위대하시도다
우리를 위해 죽어주신 사랑은 위대하시도다

성령으로 부활하신 그 능력은 위대하시도다
나를 다시 만나실 주 당당히 나아오신다

그 이름을 높이세 그 이름을 찬양하라
찬양 할렐루야 홀로 영광 받으실 주

합당하도다 합당하도다
찬양 받으시기에 합당하도다
만물아 일어나라 만물아 찬양하라

45. 예수밖에 없도다

참된 소망은 오직 예수께만 있다네
우리의 마음을 두고 안식처를 얻을 곳은
예수밖에 없도다

예수는 나의 힘
예수는 나의 구원
나를 구원하긴 예수를 찬양하자

찬양은 주께 속하는 것
찬양 받을 자는 예수밖에 없네

그를 경배하라 그를 높이라
찬양을 받기에 합당한 그를 찬양하라

높이 들어 올려진 이름 예수
그 이름을 높여 찬양

46. 내가 너를 택하였노라

수많은 사람들 중에
내가 너를 택하였노라
나는 네 마음을 창조한 하나님이라

세계의 휩쓸리는 물결에 휘말리지 말고
오직 인내와 기다림으로 정한 바
나의 시간을 기다리라

내가 너를 택함은 오직
나의 뜻으로 이룬 것이요
내 영광을 위해 행하였음이라

너는 나를 향해
마음을 굽히라

47. 나는 너의 하나님 여호와라

나는 너의 하나님 여호와라
승리는 나의 것이니 두려워 말라

사람이 마음에 정한 것을 이루기 위해서
그가 받아야 할 마땅한 시험이 있도다

나는 너희의 마음을 달아본단다
정금과 같이 섞이지 않을
마음을 찾고 있다

내가 너희를 시험한 후에야
정금 같은 믿음이 나오리라

48. 주님은 나를 아시는도다

주님은 나를 아시는도다
주님은 진정 나의 참 신이다
모든 민족이 주 앞에 무릎을 꿇으리라

주님은 나의 힘 내가 그를 의지하였더니
내 영혼의 빛나는 광명을 내가 보았도다

주님은 나의 구원자
나의 생명을 구하셨네

주 안에 있는 나는 주를 인해 살겠네
주 안에 있는 나는
주만 의지하며 살겠네

49. 주를 송축하라

주를 송축하라 주 이름 높이라

주는 나의 구원자
나를 건져 주시네
내 이름을 불러 주시고
나를 사랑하시네

주 나의 모든 것 주 이름을 높이리라

주 안에 있는 심령을
그를 위해 살리라

주님은 그를 돌보시니 그 영혼이 안정하고
만족을 얻네

주의 높으신 손이
그를 품어 주신다

50. 주 안에서 기뻐하라

주 안에서 기뻐하라
주 안에서 사랑하라
주 안에서 기뻐 노래하라

주님이 승리하셨네 주님이 임하셨네
찬양 찬양 목소리 높여 찬양
찬양 찬양 고운 목소리로 찬양

주님이 이루셨네
날 위해 이루셨네
그의 손이 능하다

51. 주님의 나라

주 안에서 기뻐하라
주 안에서 사랑하라

주님의 소리 나를 주장하시네
주님이 나를 주관하시네
주님을 따르리 주님을 기뻐하리

주님의 나라가 이곳에 임하였노라
주님의 생명이 이곳에 임하였노라
주께 내 생명을 드리리

52. 주의 크신 은혜

은혜로다 주의 큰 은혜로다
주님이 베풀어주신 그 은혜
한량없이 크도다

주님을 찬양하라
너희의 마음에 모셔라

주님이 너를 사랑하신다
주님이 너를 돌보아 주신다

주의 크신 은혜 가운데
주님의 성령이 충만하리라

53. 주님은 나를 인도하시네

주님은 나를 인도하시네
주님이 계신 그곳으로 나를 데려가시네

주님께서 이끌어가시는 대로
내가 따라가리니 그 마음이 편하다
내 마음은 기쁘다 내가 찬송하리라

나는 주를 경배하리라
주께로 달려갑니다 주께로 나아갑니다

나는 주를 사랑합니다
나는 주를 경배합니다

54. 성령의 능력

성령의 능력 내게 임하셨도다
성령의 기름 성령의 바람
나에게 임하셨도다

주를 경배합니다 주를 송축합니다
성령이시여 내게 오소서
성령이시여 나를 다스리소서

성령은 나를 아신다
성령은 나를 위해 기도하신다
성령은 나를 위해 싸우신다

55. 서로 사랑하라

내가 너희를 향해 말하노니
서로 사랑하라
성령이 하나 되게 하신 것을
멸하지 말며
내가 교회에 이르는 말을 들으라

성령의 기쁘신 뜻을 따라
나누어 주신 은사로
나의 몸을 하나 되어
아름답게 하라

56. 주의 이름을 찬양합니다

주의 이름을 찬양합니다 주의 이름을 높입니다
나의 생명 되신 주님을 내가 높입니다

주님의 나라 이곳에 임하셨도다
주님의 사랑 나에게 임하셨도다

주님을 기뻐하라 주님을 찬양하라
호흡이 있는 자마다 주님을 찬양하라

나는 주님께 기쁨을 드리기 원하네
나는 주께 사랑을 드리기 원하네

주여 나를 사랑하소서
주여 나를 만지소서

57. 주의 능력을 입으라

주의 능력을 입으라
나의 권능을 너희에게 주리라
주께 복종하는 자는 주의 능력을 받으리라

나는 너희를 강하게 하는 주라
너희의 약함이 강함이라 내게 의지하라
나의 힘으로 물리쳐라 승리하라

58. 예수의 이름으로

예수의 이름으로 서로 인사하라
예수가 너희를 모았노라

예수 안에서 화목하여
나의 뜻을 받들어가라

하나님의
소리

59. 사랑합니다 사랑합니다

사랑합니다 사랑합니다

① 사랑하는 자여 기뻐하라

② 주께서 너희와 가까우시니라

① 주의 음성을 들으라

① 주가 친히 너희에게 말씀하신다

② 주께서 네 마음에 있는 비밀을 알아가라

② 주님께 아룀 주께서 가까이 계시니라

② 나의 음성 들으라 한 이 하나님을 지키라

② 내가 너희게 들음 주께서 너희를 돌보시라

② 주님의 나옴 ① 주를 찬 것으로 의지하라

② 주님을 높임 주 안에서 기뻐 찬양하라

② 주께서 찾으심 안 이 오는 기쁨 누리라

② 사랑 기쁨이 네게 도움이 되신다

① 주 안에서 기뻐하라

② 주님께 감사 찬송 드리니

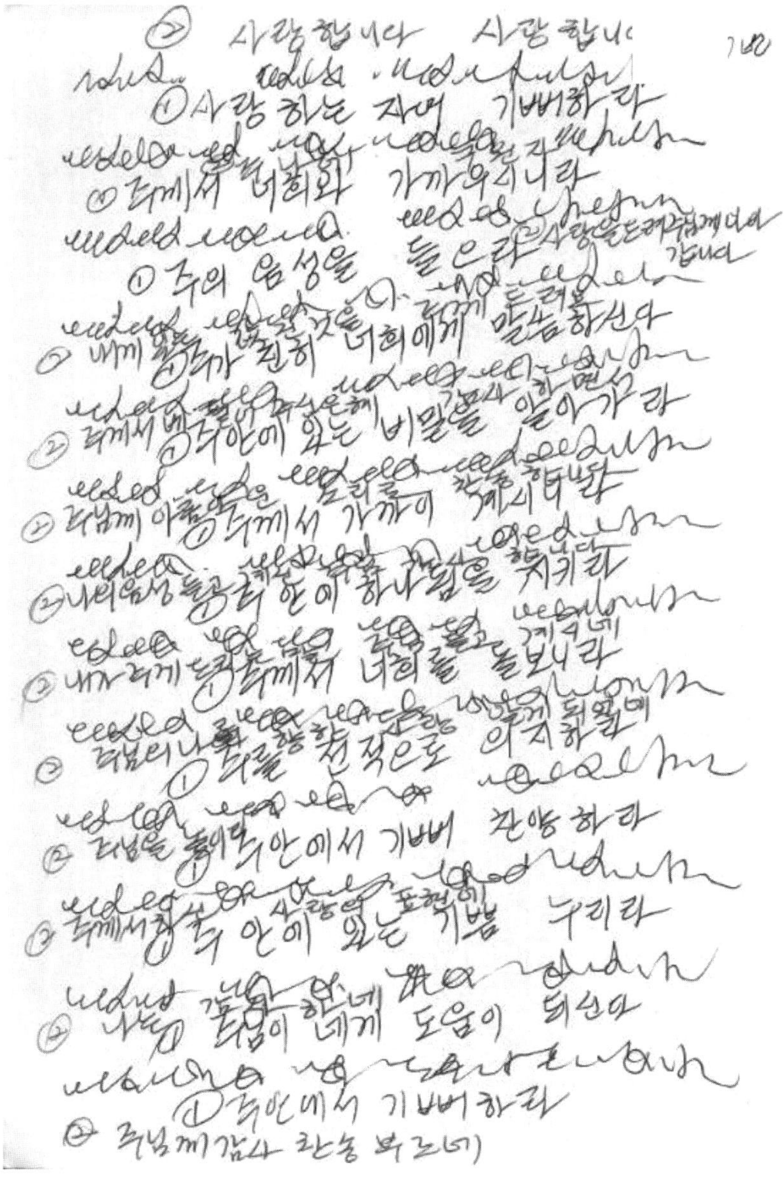

60. 주 나의 창조자 나의 인도자

2020. 7월 23일 목. 천안에서

주 나의 창조자 나의 인도자

주님만 바라보기 원하네

주 안에 있는 큰 기쁨

나의 것이 되기 원하네

아름답고 귀 하다

주께서 내게 주신 사랑이여

주께서 주신 사랑 간증하리라

주 안에 머물며 주를 기뻐하리라

주 안에 있는 생명 나의 것이 되므로

주는 나를 지키시네

주는 나를 보호하시네

내 영혼이 주 안에서 안전하다

- 84 -

61. 주 안에서 항상 기뻐하라

주 안에서 항상 기뻐하라

주님이 너와 함께 하실이라

성령이 너를 인도하신다

너의 길을 내게 맡기라

사랑하라 사랑하라

사랑 가운데 성장하라

사랑으로 승리하라

사랑이 너를 보호하리라

사랑하라 내 자녀야

내가 너희를 얻고 가나라

내 품에 안기라

내가 함께 동행하리라

내가 진정 너를 도우리라

- 85 -

62. 사랑하는 자들아 일어나라

2020. 8.2일 시와 찬양의 능 No. 2

사랑하는 자들아 일어나라

나와 함께 가자   내가 너희라 함께하노라

사랑하는 나의 자녀들아

내가 너희와 함께 가노라

네 안에서 기쁨을 얻으라

내가 너희를 먹이리라

내가 너희라 함께 하노라

내가 너희에게 나아가노라

나는 만군의 여호와

너희는 나의 백성이라

내게 충성하는 자에게

내가 생명을 주리라

내게로 나오라

63. 주의 뜻대로 행하는 자가 주를 위한 자라

주의 뜻대로 행하는 자가 주를 위한 자라

주를 경배 하여 찬양하라

주께서 가까이 계시니라

주님은 너를 지키시는자

그 뉘가 주를 이기리요

주께서 너와 함께 하시니라

강하고 담대 하라

하나님이 너를 돌보심라

하나님이 너를 사랑하셨다

주께로 가까이 나아오라

사랑하다 내 사랑아

사랑을 네게 주노라

사랑을 먹고 성장 하라

64. 사랑하는 자들아 내게로 모이라

Date.　　　　No. 4

사랑하는 자들아 내게로 모이라

내가 너희를 사랑하는 어미의 마음으로 품노라

내가 너희를 기뻐 하노라

사랑을 너희에게 주노라

너의 짐을 내게 맡기라

신나는 노래 부르리라

너희를 사랑 한다

나의 뜻 가운데 있으라

내가 너희 안에 행하노라

내가 너희를 특별히 여기노라

내가 너희와 함께 하노라

내가 너희 어머니와 같으니라

너희를 돌보고 있노라

65. 사랑하는 자들아 내게로 오라

사랑하는 자들아 내게로 오라

내가 너를 쉬게 하리라

너는 나의 사랑하는 자라

나에게 소망을 둔 자라

너의 소망이 끊어지지 않으리라

서로 돌보며 섬기라

내 안에 있는 자는 복 되도다

그 안에서 화목하라

성령이 하나되게 한것을 힘써 지키라

그 안에서 하나 되라

성령을 근심케 말라

성령의 불을 소멸하지 말라

성령을 환영하라

66. 주의 날이 가까이 오는도다

주의 날이 가까이 오는도다

주가 너희를 맞이하리라

주가 너희를 사랑하도다

주를 위해 힘쓰라

주가 네게 다가 오신다

주를 위해 일어나리

주께서 너를 반기신다

주가 너를 기뻐하신다

주를 위해 일어나리

주께서 너를 도우신다

주와 함께 가자

주가 너를 기다리신다

주님께 영광 돌리세

67. 힘을 내라 내 자녀야

힘을 내라 내 자녀야

너희 길을 내가 만들었다

십자가의 길로 굳게 오라

사람의 힘으로는 갈수없다

나를 의지하는 자만 갈수 있다

내 안에 거하라

사랑으로 감싸라

사랑이 네 안에 충만함 피어나

꿈의 이름으로 나아가리

사랑안에 거하리

네 영혼의 안식처

그를 갖으리라

그가 너를 받으리라

68. 주를 맞이하자

주를 맞이하자

주께서 가까이 오셨다

주를 사랑하는자여 기다리라

주께서 곧히 오시리라

세미한 주의 음성을 들으리

주는 말씀 하셨다

주께 나아오라

주께서 반기신다

주께로 달려가리

주께서 기다리신다

주의 발걸음 소리가 들린다

주를 위해 힘써 일하자

주께서 너와 함께 하신다

69. 주를 높이 찬양하세

주를 높이 찬양 하세

주를 기뻐 찬양하세

주님만 높이리

주님 만 찬양하리

모두 모여 찬양

모두가 한 목소리 찬양

함께 기뻐 찬양 부르네

주를 사랑 합니다

주의 이름 높이네

주를 경배 합니다

주를 위한 잔치가 열렸네

나의 생명속 잔치

주를 찬양 하네

70. 주님을 사랑합니다

주님을　사랑합니다

주님 나를　구원하셨네

주께서　다스리신다

주 앞에 모두 나아 엎드려 경배해

주께서 이루시는 역사

주께서　계획 하셨네

자원하는 심령으로　주께로 나오라

주님을 향해　외치라

주께서 응답하리라

주를　찬양하라

주를　기뻐하라

주께서 친히　이루신다

주의 말씀을　믿어드리리

71. 주 나의 통치자

주 나의 통치자

주 나의 모든 것

주님이 나를 세우시네

주님이 나를 이끄시네

주님이 이끄시는대로 나아가리

우리를 향한 주의 계획

꿈으로 놀라워

그 안에 있는 비밀

그 누가 알겠는가

주 앞에 경배하리

주 앞에 무릎 꿇고

주께서 하실 일들을

기대하며 감사하리

72. 할렘루야 주를 찬양

할렐루야 주를 찬양

우리다 같이 큰소리

바다와 같이 많은 소리

하나님을 닮은 자들아

나에게 나오라

모두 나와 찬양하라

모두 기뻐 노래하라

주는 위에 하시다

주는 인자 하시다

주 안에 모든것 와네

주님은 영광 받으실분

73. 주를 찬양해

주를　찬양해

주를　높이세

주께　모든　영광

주께　모든　능력

주를　찬양하라

주님만　높이리

주님만　찬양하리

주께서　받으실　찬양

주님께　올려　드리네

74. 주님은 위대하시다

주님은 위대하시다

주님은 광대하시다

주앞에 오뉴 있으리

주를 경배하라

주의 갚을 예배하라

주께서 길이 나오신다

세상오 오을 입은 자들아

회개하라

주께서 까까우시다

75. 영광 존귀 주께 있네

영광 존귀 주께 있네

거룩 거룩

주께 영광

감사 찬양

거룩 많이 하자

거룩 환영하자

거룩 위해 준비하자

거룩 만나리

주께서 까워주다

76. 사랑하라

Date. . No.

2020. 11/7 명흥석마지막날 ①

사랑하라

사랑은 나에게 속한 것이라

흉악한 마귀를 이기라

사랑의 법이 완성하리라

온전케 되리

그 안에서 화목하라

주님이 이룩신다

주님께 맡기라

주께서 이룩신다

77. 주님께 영광

주님께 영광

찬송과 존귀

주님께 드리세

주님은 나의 빛

주님은 나의 힘

내가 두려워 할것이 무엇이냐

주께서 도우시니

주안에서 화목하라

주가 다스리신다

78. 놀라워라 그 사랑

놀라워라 그 사랑

죽임이 주신 그 사랑

주께서 행하셨네

주께서 이루셨네

생수의 강이 흐르리라

그 안에서 마시라

심령을 촉촉히 적시리니

흡족 하리 라

기쁨이 넘치리라

79. 즐거워하라

④

즐거워 하라

주님이 일하신다

주님을 따라가자

주께서 동행하신다

주님은 나의 모든것

주님이 이루셨네

주님을 갈망하느자

주를 따르리

주께 나아가리

80. 주 나의 통치자

주 나의 통치자

주님은 나의 목자

주 안에 기뻐하라

주가 다스리심

할렐루 야

할렐 루야

주님을 찬양하자

주님께 와 나오라

주님께 함께 가자

81. 사랑합니다

사랑 합니다

찬 양 합니다

주님께 나아 갑니다

주 나의 소망

주 나의 자유라

주님께 모두 맡기리

주 님과 함께

주님과 함 께 해

주님라 함께 해

82. 주님 사랑해요

①

주님 사랑해요

주님께 모든 영광 돌립니다

주님이 계신곳

나오 있기 원해요

주님과 함께 하기 원해요

주님을 찬양해요

주님을 경배해요

주님께 감사 드리며

주님을 사랑합니다

83. 주 나의 통치자

주 나의 통치자

주님의 산증거

기묘자 모사

주님의 이름

선포하리

주님께 감사 하며

주님께 나아가세

주님을 찬양하며

주님께 나아가세

84. 사랑하라

사랑하라

주 안에서 사랑하라

주 나의 통치자

주께서 명령하셨다

주님이 원하시는 제사

그것은 우리의 사랑

주님을 경배해

주님을 찬양해

주님께 순복하라

85. 주님은 나를 지키네

주님은 나를 지키네

주님은 나를 인도하네

주님을 기뻐하세

주님과 가까이 동행해

주님을 기뻐 하면서

주님이 나를 부르시네

주님께 답하세

주님을 기억하세

주님께 감사하세

86. 주님 사랑합니다

주님 사랑합니다

주님 감사합니다

주님께서 주신 사랑

한량없이 감사합니다

주님을 찬양하리라

주님을 경배하리라

주님이 보여준 놀라운 사랑

내 영이 감사해

내 마음이 감사해

87. 주님을 기뻐하세

주님을 기뻐하세

주가 행하시는 모든 일을

기뻐하세 감사하세

주님은 나의 동행자

주께서 나를 다스리시네

주님과 함께 나아가

원수를 무찌르고

주께서 승리 하셨네

나를 위해 싸워 주시네

- 111 -

88. 주님께 영광

⑬

주님께 영광

주님께 감사

주님을 높여 찬양

주님이 이루사비

주님이 만능샤다

주님을 진리하라

주님께 감사 영광

주님께 감사

주님을 찬양하세

89. 주 나의 통치자

주 나의 통치자

주 나의 구원자

주 앞에 나아가 감사 예를 드리세

주는 나를 사랑하셔다

주는 나를 기뻐 받으신다

주 앞에 나아가 찬양하세

주님께 감사 드리세

주님은 나의 왕

나의 강한 통치자

90. 주님을 기뻐하세

주님을 기뻐하세

주님을 높이세

주님께 감사하세

주님께 찬양 부르세

주님 감사해요

주님 찬양해요

주님안에 누리는 참 안식

주님이 주신 선물

주 안에서 기뻐해

91. 주 여호와 나의 하나님

주 여호와 나의 하나님

주님을 경배 하나이다

목소리 높여 찬양해

목소리 높게 찬양해

할렐렐 루야

오직 찬양 받기 합당하신주

주 님께 영광

주님께 즐거

주님께 모의 온게 드리네

92. 주님을 따라가리

주님을 따라가리

주님을 향해 나아가

주님의 얼굴 구하네

주 앞에 나아가

주님 보기 원하네

예배의 자리로 담대히 나아가리

주님을 의지하네

한걸음 한걸음

주께로 더 가까이

93. 주님을 감사하여

⑱

주님을 감사 하여

주님을 감사 하여

주님 께 올리는 예배

그 가운데 계신 하나님

주님만 영광 받으시길

주님 만 높임 받으시길

우리의 예배를 받아 주시길

주님께 간구드려요

주님께서 도우소서

94. 주가 아니면 할 수 없어요

주가 아니면 할수 없네요

주님만이 이룰수 있어요

주님께서 직접 이루어 주세요

주님만이 할수 있어요

내 삶의 모든 부분

주 앞에 내려 놓습니다

주님이 다스리시고

주님이 이루소서

주의 행하심을 찬양하리이다

95. 주님과 함께 하리

주님과 함께 하리

주님을 기뻐하리

주님은 나의 소원

주님만 원해요

주님과 함께

주님과 함께

걸어가는 이 길

나는 기쁘다

96. 주님을 경배하라

주님을 경배하라

주님을 찬양하리-

주님 감사합니다

주님 은혜 크도다

주 님께 영광

주님께 감사

주님만 찬양하리

주님께 감사하리

97. 주님을 높이세

주님을 높이세

주님을 경배하세

주님께 감사

주님께 영광

주님은 나의 왕

주님은 나의 아버지

주님 사랑 합니다

주님 감사 합니다

주님 영광 받으소서

98. 주님을 찬양하라

주님을 찬양하라

주님께 감사드리자

주님을 높이리

주님께 감사하리

주님을 사랑합니다

주님을 경배합니다

주님을 기뻐합니다

주님을 감사합니다

주님을 찬양합니다

99. 주 예수여 어서 오시옵소서

주 예수여 어서 오시옵소서

주를 기다리는 자들이

함께 오여 기도 합니다

주 나의 신랑

주께서 오실것을 기다리는 우리

주님께서 오시기를

사모합니다

- 123 -

100. 주님을 찬송하세

주님을 찬송하세

우리 다께 영광 돌리세

주가 보고 계심을 보라

주는 우리의 구원이시다

주께 엎드려

경배 드리세

주여 부여 어서 오시옵소서

101. 이루시네

2020. 11/7. 천안 박석만

이루시네

즉께서 이루시네

주님과 함께하는 주여

주안에서 기뻐하라

주가 주시는 안식을 누리며

주를 사랑하라

주성이 함께하시니

그 무엇이 필요하겠느냐

102. 주님은 나의 소망

주님은 나의 소망

주님은 나의 기쁨

주님은 늘 노래 하리

주께서 부으신 사랑

주님은 찬양 해

주님은 기뻐 해

주님이 나를 도우시니

내게 두려움이 없다네

주 안에서 행복해

103. 주 안에 있는 소망

③

주 안에 있는 소망

주님께 감사하네

주님을 기뻐하네

주님은 나의 모든 것

항상 주 안에

항상 주 안에

주가 다스리소서

주가 통치하소서

주님께 주 영광

104. 주님을 기뻐 찬양해

주님을 기뻐 찬양해

주님을 사모 하네

주님은 나의 창조자

내 뜻을 내려 놓고

주안에 안식을 얻었네

주님만 높이고

주님만 사랑해

주님만 참 하나님

105. 할렐루야

할렐 루 야

찬양을 찬양 합니다

하나께 감사

하나께 영광

찬양 할렐루

찬양 할렐루

하안에서 기쁘다

하안에서 찬양히

106. 귀 있는 자는 들을 지어다

사랑하는 자들이여 내게로 모이라
들을 지어다 귀 있는 자는 들을 지어다
사랑하는 자들이여 내게로 모이라

내가 너희에게 할 말을 이르리라
너희 마음에 나의 말씀을 새겨 주리라

너희의 갈 길을 인도하는 나는
너희 가는 길을 알고 있도다
내가 그 길을 주장하노라

나는 너희를 사랑하는도다
내가 너희와 함께 이 길을 가고 있도다

너희는 항상 힘을 내어 나를 따르라
내가 너희를 돌보고 있도다

107. 주님과 함께 이 길을 걸으리

주님과 함께 이 길을 걸으리
주님과 함께 생명의 길로 따르리

주님은 나를 쉴만한 물 가로 인도하시고
나에게 휴식과 안식을 선물하시도다

주님의 나라 내 안에 이루어지니
내가 어느 곳에 있든지 평안의 열매를 맺는도다

내가 안식을 얻었노라
주님은 나의 쉼 주님은 나의 평안
내 안에 평안이 나를 주장하도다
나의 마음의 고요함 주께로 왔노라

108. 주여 감사합니다

주님 사랑합니다 주님 기뻐합니다
주여 나의 마음을 받아 주소서

주께서 나의 사랑 되시었나니
주여 나의 마음을 받아 주소서

주께 나는 감사 하리라
주께 나는 찬양 올리리

주께 나는 달려 나와
주를 맞이하리라 주를 영접하리라

주께서 나를 받아 주시네
주여 감사합니다

109. 주님과 함께

주 안에 있는 이 기쁨이
그 무엇과 비교할 수 있을까

주님만 사랑하리
주님만 바라보리

주님만으로 기뻐 찬양하리라
주님만 즐거워하리
주님만 찬양하리

그 어떤 것으로도 주님을 대신할 수 없다네
주님만 찬양해
주님만 기뻐해

110. 오직 주님만이

오직 주님만 나를 아시네
오직 주님만 내 깊은 속을 아시네

누구도 이해할 수 없는 마음을
주님은 알아 주시네

나를 지으신 분 나를 만드신 분
주님은 나를 알고 계시네

내 속에 말 못할 깊은 탄식도
주가 만지시네 주가 다스리시네

주가 창조하시네 새로운 나의 모습을
주님께 드리세 주님께 나를

111. 주께 나아갑니다

주여 나를 만지소서
주여 나를 고치소서

주여 당신께 나아가는 나를
불쌍히 어여삐 여겨 주소서

내가 고난 가운데 주를 찾기 원하니
나의 마음의 깊은 간구를 주께 드리니
마를 맞아 주소서 나를 만나 주소서

주께 나아갑니다 주께 나아갑니다
주여 당신께 나아 갑니다
주여 나를 맞아 주소서

112. 할렐루야 주께 영광

주님께 나아가자
찬송과 경배로 주를 높이며
힘차게 외치라 주님의 군대여
주님의 승리를 찬송하세

주님 일 하셨네 주님 승리하셨네
주께 영광 돌리세 주께 찬양하세

할렐루야 할렐루야
주님께 영광 주님께 찬양

할렐루야 할렐루야
주여 이 곳을 다스리소서

113. 주님은 이루시네

주님과 함께 나아가자
주님과 함께 전진하자

주님의 강한 용사 주님을 따라가라
주님이 이기셨다 주님을 따라가라

주님은 강하시네 주님은 이루시네
할렐루야 주를 찬양
할렐루야 주께 감사

주님을 찬양하세 주님을 기뻐하세
주님이 행하신 일 주님을 찬양하세
주님은 나의 주 주님은 강한 주

114. 모든 영광 주님께만

주님께 영광 주님께 감사 주님께 찬양
모든 영광 주님께만
모든 감사 주님께만

올려 드리세 올려 드리세
주님을 경배해 주님을 찬양해

주님께 영광 주님께 감사 주님께 찬양
주를 높이세 주를 찬양하세

주님은 나의 왕 주님은 나의 주권자
주님 할렐루야 주님 할렐루야
온전히 주께 영광 돌려 드리세

115. 위대하신 주님을 찬양

주가 다스리네 주가 인도하시네
주가 행하시네 주가 통치하시네
주 나의 인도자 주 나의 통치자

주님을 찬양 주님을 기뻐해
주님을 찬양 주 할렐루야

주님을 기뻐 감사 드리는 자를
바라 보시며 영접하신다

주님께 드릴 노래 주님께 감사 드려
주님께 올려 드리자 주님께 감사 드려
주님께 기뻐 찬양 드리자

116. 주님의 음성

사랑하는 자여 내 말을 들으라
내가 너를 위하여 이 때를 준비하였도다

주의 날을 기다리는 자여
주를 맞이할 날을 기다리는 자여

너희의 마음에 나를 귀히 여겨
나를 모시기를 기뻐하라

나를 초청하는 자에게 내가 기뻐 가리라
나를 부르는 자에게 내가 친히 응답하리라

내가 기뻐 대답하리라
내게 나오라 내게 말하라

117. 주님 홀로 영광 받으소서

주님께 감사 주님께 찬양
주님께 드리세 주님께
주님을 찬양하세 주님을 사모하세

주님께 드릴 감사의 노래
주님께 드릴 마음의 노래

주님 받으실 기쁘게 하실 나의 찬양
할렐루야 주님께 영광 주님께 경배
주님 홀로 영광 받아 주소서

주님만 높이세 주님만
주님 사랑해요

118. 나는 너를 치유하는 자라

사랑하는 자들아 너희는 나를 따르라
내가 너희에게 이른 말로 심령에 새기며
말씀의 능력을 받아 이 세상을 살아가라

네 속에 있는 분노와 아픔을
절망과 좌절을 나에게 가져오라
나는 너를 치유하는 자라

하나님의 뜻대로 살고자 하는 자에게
나는 도움의 손길을 내민단다

나의 선함과 인자함을 알아가라
나를 바라는 자는 나의 도움을 얻으리라
너의 마음을 낮추고 내게로 오라

119. 소망을 내게 둔 자는 복 되도다

소망을 내게 둔 자는 복된 자라
모든 것이 결국에는 사라질 터이라

나를 믿는 자들은 나와 함께 남으리라
나와 함께 영원히 용 노릇 하리라

만물을 창조하고 만물을 다스리고
만물 가운데 존재하고 있는 나를 알아가라

내 안에서 너의 모든 근심은 사라질 것이다
내 안에서 너의 유한함을 보리라

또한 내 안에서 너의 무한함을 보리라
나를 소유한 자는 모든 것을 가졌노라

120. 예수 그리스도의 날까지

무엇을 먹고 무엇을 마실지 근심하지 말라
그러한 것들은 이방인이 하는 것이라
너희는 먼저 주의 나라와 주의 의를 구하라

주의 나라는 화평이요 희락이라
주가 가신 길을 너희도 걸으라

영혼의 구원을 얻는 날까지
너희 가는 길을 애쓰라

예수 그리스도의 날까지
너희는 힘써 싸워가라
너희가 모두 힘써 싸워 이기기를 바라노라

121. 주께 너희 행사를 맡기라

주께로 나아오라 주께로 돌아오라
주가 기다리신다 영혼들을 기다리신다
주로 말미암지 않고는 생명을 얻을 수 없도다

목마른 영혼들아 주를 찾으라
해결되지 않는 모든 답을 주께 구하라

주가 너를 돌보신다 주가 너를 이끄신다
주 앞에 나아와 주를 바라보라

주가 너를 도우리라
너의 모든 상황을 주께 맡기라 주가 너를 이끌리라
주께 너의 행사를 맡기라

122. 나의 길을 바짝 좇으라

사람이 자기의 길을 계획할지라도
그 발걸음을 인도하는 자는 나 여호와라

나를 따라 움직이는 자여
나의 길을 바짝 좇으라 내가 너를 인도하리라

내가 너를 도우리라 내가 너와 함께 하리라
나는 너를 도우리라 너의 길을 예비하리라

나에게 나와 나의 도움을 얻으라
내가 주는 생수의 물을 마시라

내가 너를 도우리라 내가 너를 기뻐하리라
나의 도움을 얻어 생기를 얻으라

123. 나의 품을 선택하라

사랑하는 자들아 나의 성에 거하라
마귀의 활동을 멸하고 안식 가운데 거하도록
나의 품을 선택하라

사람이 무엇으로 행복해 질 수 있느냐?
내가 너희에게 선물한 것들을
너희가 충분히 누리고 감사하고 있느냐?

나는 너희에게 필요한 모든 것을 주었노라
내가 가장 좋은 것들로 너희에게 주었도다

내가 준 모든 것에 감사하라
그리고 그것이 충분하다는 것에 만족을 얻으라

124. 하나된 마음으로 나를 찾으라

사랑하는 자들이 모여 함께 기도할 때
나의 마음이 그곳을 향해 있노라
나를 향해 진실된 마음으로 나아오는 자들에게
나를 드러내리라

하나된 마음으로 나를 찾으라
나를 찾는 자에게 주어질 상급이 많도다

나를 바라는 자에게 내가 친히 만나주리라
나와 만나라 나와 사귀라

그로 인해 얻게 되는 기쁨이
충만하리라

125. 주가 다스리신다

주님께 영광 홀로 영광 받으실 주께 영광
주가 다스리신다 주께 감사로 예배 드리자

주가 우리를 보고 계신다
주가 우리를 듣고 계신다

주님은 나의 왕 주님이 통치하시네
주님은 나를 이끄시네 주님은 나를 치유하시네

주가 나를 일으키시네 할렐루야
주의 뜻에 순종하자 주의 결정을 따르자

우리는 그의 백성 우리는 그를 따르리
나의 왕 예수 내 안에 계시는 주님

126. 사랑해요 고마워요 감사해요

주님께 영광 주님께 감사
주께 드릴 나의 제물

주가 받으시기에 합당한 제물
주께 드리자 주께 올려드리자

주님께 감사 주님께 찬양
주님이 받으실 흠 없는 제물
주께 올려드리자 나의 마음 주께 올려드리자

사랑해요 고마워요 감사해요
주께 드릴 사랑 고백 감사 고백
주님께만 드릴 나의 마음 주님 받으소서

127. 나를 의뢰함이 아름답도다

사랑하는 자여 네 심령에 요동함이 없이
나를 향하고 나를 의뢰함이 아름답도다

내가 너로 인하여 큰 기쁨을 얻는도다
머무는 곳 가운데 기근과 박해가 시작되어도
놀라지 말라 이런 일들이 일어나야 할 것이라

내가 이미 일렀음이라
마음에 소망을 오직 변하지 않고 영원한 것에 두라
너희 마음을 굳건히 해야 하리라

할 수만 있다면 너희 마음을 흔들려는 자가
시시각각 너희 틈을 노리고 있도다

128. 그리스도에게 빚진 자들아

사랑하는 자들아 내게로 오라
내가 주는 짐은 무겁지 않도다

그리스도에게 빚진 자들아
내게로 오라 내가 너희 짐을 가볍게 하였도다

너희에게 있는 모든 근심을 나에게 맡기라
그리스도의 놀라운 회복의 능력의 역사가 나타나리라

성공적인 삶을 살기를 원한다면 나에게로 나오라
삶의 성공은 나를 만나는 것이라

누구나 나를 만나는 자는 회복하리라
누구든지 오라 내게로 다 오라

129. 주님의 손길

주를 의지하여 가는 길은 기쁜 길이라
주의 도움을 힘입어 한 발자국씩 나아가라

도움의 손길이 필요한 순간마다 구하라
한 순간도 간섭함이 없었던 순간이 없었노라

너의 기대와 달랐더라도 그 가운데
나의 뜻이 있었음을 알게 되리라

주는 나를 도우시네 주는 나를 돌보시네
누가 나를 해칠 수 있으랴
누가 나를 방해할 수 있으랴

주의 사랑 가운데 있는 안정을 누리라

130. 주를 기뻐하라 주를 영접하라

주를 기뻐하라 주를 영접하라
주가 함께 거니시리라 주가 함께 동행하리라
주가 함께 거하며 사는 이는 복되도다

너희를 기뻐 맞이하시는 주의 음성을 들어보라
그의 인자하신 음성을 들어보라

누가 그 음성을 들었던가
누가 그의 말씀하심을 알았던가

주께서 말씀하시면 귀 기울여 들어보라
심령에 울리는 소리가 너를 사로잡으리라
그 말씀의 주장을 따르게 되리라

131. 할렐루야 주가 다스리신다

주 안에서 기뻐하라 주 안에서 사랑하라
주 안에서 노래하라 주 안에서 찬양하라

손뼉 치며 노래하세 짝 짝 짝
발 맞추어 춤을 추세 쿵 쿵 쿵

할렐루야 주가 다스리신다
할렐루야 주가 함께 하신다

주의 나라 주의 영광 이곳에 가득해
하나님이 통치하심 이곳에 가득해

주 안에서 기뻐 노래하자
주 안에서 기뻐 춤을 추자

132. 찬미의 열매

주를 사모하라
주를 사모하는 자에게 나타내신 성령님
성령님 친히 찾아 오셨네

세미한 바람 소리 세차고 강한 바람
모두가 성령님이 찾아오시는 바람 소리

랄 랄 랄 주를 높이는 찬양을 불러보자
하나님께 모든 영광이 돌려지는 찬양을 불러보자

찬미의 열매 이곳에 가득하리
주님께 영광 주님께만 올려 드리는
주님이 사랑하시는 자들이 이곳에 가득하리

할렐루야 기뻐하며 찬양
할렐루야 주를 찬양해

133. 주는 나의 모든 것

주님께 간구하라 주님께 부르짖으라
주가 듣고 계신다 모든 아픔 알고 계신다

주님을 진심으로 찾는 자를 주가 돌아보신다
주님은 그 마음의 중심을 꿰뚫어 보신다

할렐루야 주께 올려드릴 찬송
할렐루야 주께로 나아가며 찬송

주는 나의 모든 것 주는 나의 사랑
주께 드릴 찬송 주께만 드리네

주님께 영광 주님께 감사
하나님과 함께 기뻐 찬양하리

134. 주가 너를 기다리신다

주님께 나아가라 주가 너를 기다리신다
주께로 나아가는 자는 상을 얻으리
결코 상을 잃지 않으리라

조속히 나아가자
주께 와 엎드려 경배하라

주가 너를 맞이하신다
주 앞에 나와 기뻐 찬양하라

주께 노래 부르자 주께 감사 찬송 드리자
주가 기뻐하신다 주를 높이자

주께 드릴 찬송 주가 기뻐하신다
주를 높여 찬송하자

135. 축복의 통로 예수 그리스도

주님께 나아가는 자는 상 받으리
주님을 찾는 자는 상 받으리

축복의 통로 예수 그리스도
상속자 예수 모든 것을 가지셨네

주께 나아가자 주께 나아가자
주를 구하라 주를 찾으라

주를 찾는 자는 생명을 얻으리니
주를 찾아가자 주를 만나보자

그는 기다리셨네 나를 만나고자
나를 만나시려 나를 기다리셨네

136. 주 은혜와 사랑

나는 주를 사랑합니다
나는 주를 기뻐합니다

주께서 주실 은혜가 내게 충만합니다
주께서 주신 사랑이 내게 충만합니다

주님을 만나러 나가려 하네
주님을 만나러 가는 길
기름이 준비 되었나요
주님을 만날 준비 모두 잘 되었나요

주님이 곧 나오실 텐데 주님을 곧 뵙게 될 텐데
기대하는 마음은 나날이 커집니다

137. 주님의 음성

주의 음성을 듣기 위해 귀 기울여 보자
고요한 주님의 음성 부드러운 주님의 음성

나를 재촉하시는 음성 나를 위로하시는 음성
시시각각 다르지만 모든 상황 가운데
들려오는 주님의 음성

나는 주의 어린 양 주의 음성 들을 수 있네
나를 인도하시며 나를 보호하시는 주님

주의 막대기가 나를 돌보시네
나의 길을 알게 하신다네
나의 선한 목자 주님의 음성을 듣네

138. 나의 사랑 안에 거하라

사랑하는 자들아 내게 모여 나의 이름을 높이라
주가 사랑하는 자들을 높이리니
내 앞에 합당한 모습을 갖추어 나아오라
내가 너희를 기다리고 또 기다린다

서로 사랑하여 너희가 나의 자녀인 것을 알도록 하라
너희가 나를 사랑하느냐 내가 먼저 너를 사랑하였도다

나의 사랑 안에 거하라 나의 사랑은 풍성하도다
나의 사랑 안에 있는 너희는 행복자라

나로 인해 기뻐하라 나로 인해 춤을 추라
나로 인해 일어나 빛을 발하라

139. 내가 너희를 도우리라

사랑하는 자들아 서로 사랑하라
사랑은 나에게 속한 것이니
두려움 없이 사랑하라

내가 너희를 도우리라
사랑이 있는 곳에 내가 함께 하도다

내가 너희를 도우리라
진정 너희를 도우리라

사랑으로 이겨 내라
사단 마귀의 계략에서 벗어나는 길은
두려움 없는 사랑이라

140. 모든 영광 받으소서

승리하리라 승리를 주는 주
그가 도우신다 승리하여라

밤낮으로 도우시는 주의 손길을 힘입어
승리의 행진을 이어가라

승리를 주신 주 찬양하여라
승리를 주신 하나님 모든 영광 받으소서

주께 감사 주께 찬양 주께 사랑
나는 주를 기뻐하네 주와 함께 하리

주를 떠나 살 수 없네
주님은 나를 도우시네

141. 주가 도우시네

주께로 나아가자 주께로 가자
주가 도우시네 주가 다스리시네

주를 의지하는 자는 큰 도움을 얻으리
주 앞에 나아가 주의 도움을 얻으라

주는 너의 반석이시요 방패시라
주께서 주는 도움이 네게 있으리라

주를 기뻐하며 주께 나아가세
주를 찬양하며 주께 나아가세

주는 너의 기쁨 되시며 주는 너의 사랑이시라
주가 너를 도우시네 주가 너를 지키시네

142. 큰 복이 있도다

주 안에 있는 자여 기뻐 감사하라
주 안에 있는 네게 큰 복이 있도다

주를 사모함으로 마음에 기쁨이 넘치도다
주께서 인도하시니 주 안에서 기쁘다

주의 사명을 받은 자야 주를 따르라
주께서 주시는 기쁨으로 힘을 삼으라

주를 찬양하라 주를 높이라
주께서 함께 하시니 주께서 도우신다

주를 힘껏 사랑하라 주를 힘껏 기뻐하라
주 안에서 기쁨으로 살아가라

143. 나의 기도를 들으소서

사랑합니다 나의 주님 나의 기도를 들으소서
내 영혼의 인도자이신 주님을 따라
나의 길을 걷기 원하네

주님은 나의 구원자시며
주님은 내 영혼을 만족케 하시는
유일한 분이라네

주님이 아니고는 알 수 없는 내 심령의 탄식
주께서 들으시고 나를 만져주시니

내 영혼이 춤을 추며 내 영혼이 기뻐하네
나는 주님을 따라 기뻐 찬양하리라

144. 나는 너희를 사랑하는 예수라

사랑하는 자들아 나의 말을 기억하라
소망 가운데 행하며 나의 말을 기억하라

주 안에 있는 자는 구원을 얻으리라
주의 능력을 얻으리라 주가 주시는 꿀을 얻으리라

나는 너희를 사랑하는 예수라
나를 찾는 자를 기다리노라
주 예수의 음성을 듣는 자를 기다리노라

사랑 안에 화목하라
성령 가운데 기뻐하라
맡은 자들은 충성하라

145. 주 안에 생명이 있노라

사랑하라 사랑하라
근심하지 말고 사랑하라

뒤돌아 보지 말고 앞으로 나아가라
주의 손이 너를 붙들고 이끄신다

성령이 네게 말씀하신다
성령의 음성을 들으라

성령을 소멸치 말라
성령이 기뻐하시는 제사를 드리라

주께서 가까이 계시니라 주를 의지하라
주 안에 생명이 있노라

146. 할렐루야 할렐루야

할렐루야 할렐루야 주님을 찬양
주 안에 있는 모든 것들아 다 나와 찬양
힘을 주고 손뼉 치며 주님을 찬양

주 안에서 기뻐하라
주 안에서 감사하라

기쁨의 찬양 감사의 찬양
주님께 올려 드리자

주님이 너를 반기신다 주님께 나아가라
찬양의 목소리 높여 부르자
주님께 올려 드리자

147. 주님은 나의 왕

주님 사랑합니다 주님 경배합니다
주님의 나의 왕 나를 다스리시네
주님 감사합니다 주님 고맙습니다

주님께 드릴 나의 찬송
주님을 기뻐하네 주님을 찬양하네
주 나의 모든 것 주님만 기뻐해

내 영혼이 주를 갈망해
주님만 경배해

주님을 찬양하리
주님만 사랑하리

148. 우리는 주 안에 하나

우리는 주 안에 하나
주님의 피로 사셨다네

주께서 세우신 교회
주 안에 하나 됨을 이루리

주께서 주신 은사 귀히 여기며
주님의 교회를 위해 사용하리

누구나 귀히 여기시는 주님의 뜻 받들어
형제 자매를 사랑하리

주님께 영광 돌리며
맡겨진 임무 감당하리

149. 주님을 사랑합니다

주님을 사랑합니다 주님을 송축합니다
주님은 나를 빚으시는 토기장이

나는 흙이라
주가 단련하신 후 정금 같이 나오리

주님의 뜻 주님의 계획
내가 다 알 수 없어도

주님을 신뢰함으로 오늘도 걸어가네
중심은 손길을 기대하며 걸어 가네

주님은 나를 만지셔서
주님 뜻대로 살 수 있게 하시네

150. 그 은혜 어찌 갚으리오

할렐루야 주님을 찬양합니다

주님은 높은 곳에 계시나
친히 낮은 곳에 찾아오셔서
약하고 아픈 자들을 돌보셨나이다

주님이 우리를 사랑해 주셔서 감사합니다
우리의 연약함을 감당해 주셔서 감사합니다

그 은혜 어찌 갚으리오 그 은혜 크도다
사랑합니다 주님 감사합니다 주님

성령님 감사합니다 친히 간구하여 주심을
감사 드립니다

151. 주님께 감사하네

주님을 높여 찬양합니다
주님을 기뻐하며 주의 전에 나가네

주님은 나를 사랑하셔서 내겐 부족함이 없다네
주께서 주신 은혜가 내게 족하네

하늘과 땅 만물들아 주님을 찬양하여라
주님께 드릴 감사의 노래 불러라

주님은 나의 믿음 주께서 나를 붙들고 계시네
주님께 감사하네 주님께 감사하네

감사 찬양 사랑 찬양 찬양이 넘치네
주님은 나의 왕

152. 주는 나를 이끄시네

주여 주여 내가 여기 있나이다
주여 주여 주님을 보러 왔나이다

오 주님 내가 주를 따르리이다
주님 말씀 순종하리이다

주는 나를 이끄시네
주가 가르쳐 주시는 길을 걸으리

주여 인도 따라가리
주께서 부르시네

주께로 가까이
주께로 부르시네

153. 나는 주를 사랑합니다

나는 주를 사랑합니다
내 안에 있는 모든 소망
주를 향한 마음이네

주께서 원하시는 길
주께서 보여주시는 길
그 길을 따라가리

주께서 행하신 모든 일
모든 기이한 행적

주께서 베푸신 은혜
내게 힘을 주시네

154. 그 안에 있도다

주님과 같이 달려가리
주님과 함께 어디든 가리

주님의 마음이 머무는 곳에
나의 마음도 머물고

주님의 발이 가는 곳에
나의 발도 간다네

주님과 함께 동행하는 이 길
주님과 같이 행하는 모든 일

나의 참 기쁨 나의 참 만족
그 안에 있도다

155. 새 힘을 얻으리

여호와를 앙망하는 자 새 힘을 얻으리
낙망하지 말고 여호와를 바라라

새 힘을 얻으리
주께서 부어 주시는 새 힘을 얻으리

젊다고 자랑하지 말고
자신의 힘을 자랑하지 말라

주께서 새 힘을 주시니
새 일을 행하라

새로운 일을 펼치리라
새로운 사역이 시작되리라

156. 주님이 너를 도우시리라

주님의 은혜는 넓도다
주님의 은혜는 깊도다

바다와 같이 넓고 깊은 주의 은혜
하나님의 지으신 만물 가운데
주의 성품이 담겨 있도다

주의 은혜를 바라는 자
주의 큰 은혜 얻으리

주님이 주시는 은혜의 강가로 가자
주님이 너를 도우시리라
주께서 친히 도우시리라

157. 기쁨의 함성을 부르자 랄 랄 랄

주를 기뻐하라 주 안에서 충만하다
주님의 나라가 네 안에 있도다

기쁨의 함성을 부르자 랄 랄 랄
희망을 노래하자 랄 랄 랄

주께로 모이라 주께로 나오라
주께서 바라시는 마음 너의 상한 심령을
주께 드리라 주가 너를 받으신다

할렐루야 주님께 감사를
주님께 찬양을 올려 드리자
할렐루야

158. 할렐루야

주님 사랑합니다 주님 기뻐 찬양합니다
내가 주 안에서 기뻐 춤출 때
주께서도 나와 함께 춤추시네

내 영혼아 찬양하여라
내 영혼아 주를 경배하자

사랑하는 자들아 내게 나오라
내가 주는 생명수를 마시며 기뻐하여라

주께서 기뻐하시는 자들아 주님을 높여 찬양하여라
할렐루야 주를 찬양하리
할렐루야 주님께 영광을

159. 주님은 나를 통치하시네

사랑합니다 주님 나의 왕
사랑합니다 나의 하나님

목소리 높여 찬양 주를 기뻐하며 찬양
다 함께 모여 주를 경배하리 주께 영광 돌리리

주님은 나의 통치자 주께서 다스리시네
주님이 나가시는 길 가운데 주를 환영하라

심령이 가난한 자에게 다가 가시니
그를 반기어라

주 나의 주관자 나의 왕
주님은 나를 통치하시네

160. 우리의 심령은 주의 것이라

성령의 바람 이곳에 불어와
우리의 마른 심령을 촉촉히 적시네

메마른 이 땅에 단비를 내리시고
강퍅한 우리의 마음에 샘물 나게 하시네

주께로 나아가자 주께로 가자
우리를 돌보시는 주께로 나아가자

상한 심령 지친 심령 모두 주께 내어놓자
우리의 심령은 주의 것이라

풍족한 마음을 얻으리라
성령의 충만함이 내 마음을 채우리라

161. 주의 은혜가 넘치나이다

주의 긍휼과 자비가 우리에게 있게 하소서
주님의 나라가 우리에게 임하게 하소서

나의 마음을 주의 말씀으로 갈아 엎으소서
주께 순종하는 새 마음을 주시어
주님이 원하시는 길을 걷게 하소서

주님은 나의 길을 인도하시네
주님은 나의 발걸음을 붙들어 주시네

주께로 더 가까이 나의 발을 붙드시네
나의 갈 길을 예비하시고 인도하시는 주
주의 은혜가 넘치나이다

162. 주님은 니 마음 아십니다

주께로 가까이 나아갑니다
주께로 더욱 가까이 나아갑니다

주님은 내 마음 아십니다
주님은 나를 사랑하십니다

내 마음의 고통과 아픔을 주는 아십니다
나의 부르짖음을 들으시는 주님

주여 감사합니다
이 마음에 애통함을 주셔서
주께 부르짖게 하소서

163. 무엇을 하든 나의 영광을 위해 하라

사람이 그 정해진 일 외에 그 무엇으로
기쁨을 얻겠느냐

내가 너희 각자에게 주어진 일들을 통해
기쁨을 얻도록 하였노라

무엇을 하든 나의 영광을 위해 하라
내게 붙어있는 자는 합당한 열매를 얻으리라
내 안에 거하며 생육하고 번성하라

내가 너희를 사랑하노라
나의 길을 따르라
내가 너희를 돌보리라

164. 주님만 경배하리

주님의 나라를 위하여 힘쓰는 자들아
주의 뜻 가운데 기뻐하라

너희의 생명이 나에게 속한 것이니
그 누가 빼앗아 갈 수 있으랴

기뻐하라 하늘에 네 이름이 써 있노라
감사하라 내가 너를 사랑하노라

주께서 주신 생명 언제나 감사해
주님은 나의 왕 나의 모든 것
주님만 경배하리

165. 기뻐 찬양하라

크도다 주의 은혜 그 무엇이 그와 같을까
한량없는 은혜가 우리에게 넘치는도다

주의 사랑이 우리에게 부어졌도다
그 사랑을 누가 이해할 수 있을까

우리의 연약함을 감당하신 예수 그리스도
그의 무한한 사랑의 넓이를 이해할 수 없도다

주의 오묘한 사랑 그 사랑 받은 나는
새와 같이 기쁘다 기뻐 찬양하리

매일 숨쉬는 순간 기뻐 찬양하리
주가 주신 큰 기쁨 감사해요

166. 랄 랄 랄 노래하네

사랑하는 자들아 내게로 오라
내가 주는 물을 마시라
생수의 강으로 나와 마시라

사람을 지으신 이가 그에게 생명수를 주셨으니
여호와를 찬양하여라

사랑합니다 할렐루야
찬양합니다 할렐루야
랄 랄 랄 노래하네

주께로 나갈 때 노래하네
주님을 사랑하니 노래하네

167. 서로 사랑하라

사랑하라 자녀들아 내가 너희를 사랑하노라
너희도 나를 닮아 서로 사랑하라
사랑에 두려움이 없노라

성경에 이른 것을 알아감으로 성장하라
성령이 깨우치리라 성령이 눈을 열어주리라

승리를 얻으리라
성령이 운행하신다

내 안에 있는 성령이 일하신다
섬기는 자가 더 큰 것을 취하리라
성령을 의지하라

168. 그가 너를 다스리신다

소망 가운데 거하라
소망이 부끄럽게 하지 아니함을 알라

성경의 말씀을 따라 살라
성령이 네게 말씀하신다

사람의 마음을 아는 자 주관하는 자
그가 너를 다스리신다

사랑으로 깊이 섬기는 자가
깊은 감사함을 얻으리라

기뻐하여 감사하라
마귀를 물러나게 하리라

169. 주님은 나의 구원자

사랑합니다 주님
나의 마음을 받아 주소서

주는 나의 구원자
주님만 섬기리

주님은 위대하시네
주님은 크고 놀라운 일을 행하시네

주께 의지하는 자는 주의 일을 보리라
주가 아니고는 누구도 할 수 없는 일

주님이 이루신다네
주님을 찬양하리

170. 주께서 오신다

주님께 영광 돌리세
주님께 감사 드리세

주는 나의 왕 주는 나의 통치자
주님이 다스리시네

주를 환영하여라
주가 나오신다

주가 가까이 오신다
모두 기뻐하라

모두 찬양하라
주께서 오신다

171. 할렐루야 주님을 높이세

주님께 경배해
주님께 찬양해

고운 목소리로 주님께 노래해
랄 랄 랄 주님께 찬양
랄 랄 랄 주님께 경배해

내 영혼아 기뻐하라
내 영혼아 사랑하라

나의 왕 주께 기뻐 찬양해
할렐루야 주님께 영광
할렐루야 주님을 높이리

172. 주님이 친히 오셨네

나 주를 위해 살리
나는 주를 섬기리

주께서 원하시는 제사
나를 드려요

주님은 나의 왕
주님이 친히 오셨네

내 마음을 다스리시네
주께서 다스리시네

주님께 영광
주님께 영광 높이리

173. 주를 위해 살리라

내 주님을 생각하니 내 마음에 기쁨이 넘치네
내 주가 주신 생명 주를 위해 살리라

주가 나를 사랑하시니 내 마음이 기쁘다
주님은 나의 구원자요 나의 창조주다

내 영혼의 피난처 내 영혼의 휴식처
주님을 만난 나는 참으로 기쁘다

주님을 생각하니 내 마음에 웃음꽃 피네
빙그레 웃는 내 얼굴 주님께 드리네

주 나의 생명 주 나의 구원
주님을 따르리

174. 내가 너를 돕고 있도다

사랑을 얻으라
내게로 나와 쉼을 얻으라

영혼의 구원을 받을 자는 내 안에서 안식하리요
두려워 말라 내가 너를 돕고 있도다

너를 향한 나의 계획을 신뢰하라
내가 하는 일 가운데 동참하라

주 예수의 살아계심을 증거하라
주 안에 있는 기쁨을 누리라

주 예수 그리스도를 마음으로 믿어
구원의 길을 걸으라

175. 사랑합니다 나의 하나님

사랑합니다 나의 하나님
나를 구원하신 주님

내 영혼을 주께 드립니다
주께서 받으소서

주는 나를 사랑하시네
주는 나를 기뻐하시네

내가 주의 길을 따르리라
내가 주를 위해 살아가리라

주님 내게 오셨네
주님 나를 이끄셨네

176. 내가 너희를 사랑하노라

사랑하라 나의 자녀들아
내가 너희를 사랑하노라

사랑으로 모든 허물을 덮으라
모든 어려움을 극복하리라

시험의 무게를 이겨내리라
너희의 갈 길을 다 가도록 지켜주겠다

나를 신뢰하라
내 안에 거하며 참 안식을 얻으라

주께서 가까우시니라
주께서 도우시니라

177. 내가 너와 함께 하노라

두렵고 떨림으로 너희 구원을 이루라
주는 너를 인도 한단다

한 걸음 한 걸음 믿음의 걸음을 걸어라
날마다 날마다 더 가까워지고 있노라

마지막까지 힘을 내라
믿음의 경주를 완주하라

나만 바라보라
내 손을 잡아라

내가 함께 걷고 있노라
내가 너와 함께 하노라

178. 아름다운 예수 향기 날리네

주님의 이름을 찬송합니다
주님의 성품을 품기 원해요

주님의 마음을 품기 원해요
주님이 내 안에 살고 계시니까요

내 안에 사는 이 예수 그리스도
내게서 일하시네

아름다운 예수 향기 날리네
내 안에 계신 주 예수님

주께서 사시네
주께서 일하시네

179. 나의 소망 예수 그리스도

내가 그리스도와 함께 죽었으니
이제 내가 사는 것은 내 안에 계신
예수 그리스도 사신 것이라

나의 소망 예수 그리스도
예수로 말미암아 새 생명 얻었네

예수 안에 사는 새 생명 귀해라
예수의 십자가 따라가네

나는 이제 죽었고 나는 이제 새로워졌네
사망 권세 이기신 예수 그리스도가
내 안에서 살아나셨네

최민숙
작사 앨범

hallelujah

최민숙 작사 앨범

예수 찬양 음반을 내면서

국내 순회하며 시 낭송 하며 복음을 전하는 국내선교사 문화 선교사는 22년 전에 대형 교통사고로 죽음 직전에 2일만에 살아 나 중증 지체장애로 주님 은혜를 입고 목사가 되어 필리핀 신학대학원 강의와 필리핀 교회 선교 집회와 캄보디아 3교회 선교집회를 탤런트 한인수 장로님과 강사로 작년에 다녀 왔고 몇 년을 국내교회 부흥회를 인도 활동 중에 있다.코로나 19로 인해 시집 1집 '하나님의 소리'를 출판하게 되었고 CD를 내기 까지는 몇 년 동안 수많은 찬양詩와 하나님 소리를 시를 쓰게 하셨습니다. 찬양시를 쓰면서 주님께서 쓰게 한 시로 찬양 작 사 찬양 작곡 많은 분들이 하나님이 주신 새 노래로 찬양해서 주님께 영광 돌렸으면 좋겠다는 감동을 자주 주셨는데 그만한 처지가 안 되어서 늘 아쉬워 했는데 귀한 채수련 목사님을 몇 년 전 만나게 하신 것도 주님 계획 안에서 경륜 안에서 뜻 가운데 행하셨던 것을 알게 되었습니다. 채수련 목사님과 작곡 가님들과 찬양 사역자님들과 축복교회 성도님들과 동역자님 들에게도 감사 드립니다. 아름다운 음반을 내게 되어 이 모든 영광 주님께 올려 드립니다. 모든 것이 주님의 은혜이고 주님 이 하셨습니다. 할렐루야!

Paster Choi Min Sook

예수 찬양 CD <16곡 수록>

JESUS PRAISE

01.나는 주님의 어린 양(주 찬)
02.주님은 나의 노래(이샤론)
03.주의 이름 높이세(주산성)
04.여호와 닛시(이호석)
05.슬람미 여인(정신영)
06.나를 사랑하신 주(주 찬)
07.주님은 나의 생명(이샤론)
08.나 주님의 기쁨 되네(주산성)
09.주여 어찌 그리 아름다운지요(이호석)
10.주가 나를 도우시네(정신영)
11.향기로운 찬양을 드리자(이샤론)
12.성령의 불꽃(주 찬)
13.다시 오실 예수 그리스도(주산성)
14.나는 주의 아름다운 신부(정신영)
15.내가 주께 피하나이다(아호석)
16.할렐루야 주를 찬양(이샤론)

최민숙 작사 앨범
vol. 1

계좌 : 우체국 최민숙 200212-02-481477
H.P : 010-2772-5377

KSR 코리아레코드사

최민숙 작사 앨범 VOL. I

CHOI MIN SOOK *writer album*
GASPEL SINGER
최민숙 작사 앨범 VOL. I

주   찬   이샤론   이호석   주산성   정신영

01.나는 주님의 어린 양(주   찬)
02.주님은 나의 노래(이샤론)
03.주의 이름 높이세(주산성)
04.여호와 닛시(이호석)
05.슬람미 여인(정신영)
06.나를 사랑하신 주(주   찬)
07.주님은 나의 생명(이샤론)
08.나 주님의 기쁨 되네(주산성)
09.주여 어찌 그리 아름다운지요(이호석)
10.주가 나를 도우시네(정신영)
11.향기로운 찬양을 드리자(이샤론)
12.성령의 불꽃(주   찬)
13.다시 오실 예수 그리스도(주산성)
14.나는 주의 아름다운 신부(정신영)
15.내가 주께 피하나이다(아호석)
16.할렐루야 주를 찬양(이샤론)

STAFF

Writer/최민숙   Composition/김호식, 이희균, 이호식, 서정용
Arrangement/이호석   Producer - Director/채수련
Singer/이샤론, 정신영, 이호석, 주찬, 주산성   Design/채수련
Record/김성호(Media harp)   Mixing/구기성(GM music)

<01> 나는 주님의 어린 양

<02> 주님은 나의 노래

- 209 -

<03> 주의 이름을 높이세

<04> 여호와 닛시

<05> 슬람미 여인

<07> 주님은 나의 생명

\<08\> 나 주님의 기쁨 되네

<09> 주여 어찌 그리 아름다운지요

<10> 주가 나를 도우시네

<11> 향기로운 찬양을 드리자

<12> 성령의 불꽃

성령의 불꽃

작사 최민숙
작곡 김호식

주님의나라 성령의바람을 타고옵니다

뜨거운 성령의불꽃 내가슴을태우네

우리안에 불을주소서 성령의 불을주소서

사랑의불로 태우소서— 주 여임하소서

주님을바라보며 갈망하는—자들에게

약속하신성령 우리에게부어주신 그은혜한량없도다

주님나를이끄소서 주님나를태우소서
주님나를이끄소서 주님나를만지소서

주님의나라를 이곳에이루소서

<13> 다시 오실 예수 그리스도

<14> 나는 주의 아름다운 신부

<14> 나는 주의 아름다운 신부

<15> 내가 주께 피하나이다

<16> 할렐루야 주를 찬양

최민숙 시인 詩 2집(찬양시)

하나님의 소리

2020년 12월 12일 발행

저   자 최 민 숙
이 메 일 missioc.7@daum.net
교회 주소 충남 천안시 동남구 큰시장길 36(2층)

편   집 정 동 희
발   행 도서출판 한행문학
등   록 관악바 00017 (2010.5.25)
주   소 서울시 중구 을지로 18길 12
전   화 02-730-7673 / 010-6309-2050
팩   스 02-730-7673
홈페이지 www.hangsee.com

정   가   10,000원
I S B N   978-89-97952-36-6-03810

공급처 | 가나북스 www.gnbooks.co.kr
전   화 | 031-408-8811(代)
전   화 | 031-501-8811